© Z4 Editions

ISBN : 972-2-490595-24-2

Récits du miroir

RÉCITS DU MIROIR

Contes et nouvelles

*

Laëtitia Gand

À toi qui regardera dans le miroir tout simplement,

À ma grand-mère d'en Haut.

Yow ak man[1]

---

[1] Toi et moi en langue wolof du Sénégal.

En devenant miroir du ciel sans cesse changeant, les plans d'eau impliquent la liberté. Rien de plus éphémère que ces reflets.

Extrait de la revue Le Monde de l'éducation –

Juillet - Août 2000,

Erik Orsenna

À travers le miroir, un monde. Rêve ou réalité ?

Le miroir a dit son monde… Regardons.

Le reflet veille comme pour ne pas s'engloutir mais admire la vue, dans le miroir. Il tremble. Il ose un toucher, au-delà de la vue. Il s'emboîte, se cogne, s'expose, s'impose. Puis réalise que tout n'était qu'un songe.

L .G.

Apprivoiser la panthère

Elle s'étire dans un grognement semi carnassier, satisfait. Son regard de feu, dans les ténèbres mauves de la nuit, luisant. Elle scrute les alentours, son souffle chaud contre l'air ambiant. Soudain, un craquement sec retentit, brisant le silence, son oreille se tend comme un arc. Son œil se fait plus lynx…

Non loin, une chouette hulule, imperturbable. Un python se glisse silencieusement dans les herbes hautes et folles. Un homme… Il s'approche, calme. La panthère sent sa présence et grogne de nouveau dans un gémissement plaintif. L'homme se situe tout près d'elle. Mais elle ne ressent pas de peur de sa part. Il semble totalement sûr de lui. Alors, elle craint sa présence. Craquements. La nuit reprend ses droits entre silence et petits bruits des veilleurs nocturnes.

L'homme s'approche toujours. Il marche comme il respire, avec une tranquillité de sioux. Ses yeux se sont plus ou moins habitués à l'obscurité qui règne en maîtresse à cette heure. Il vogue dans la jungle luxuriante comme un chat, souple et svelte, à pas légers. Il est déjà venu ici dans le passé et, doucement, il reprend ses marques. Chaque herbe semble le confondre. Chaque écorce d'arbre semble posséder une trace indélébile de son passage, jadis. Il pose ses mains avec reconnaissance, en communion totale avec les éléments et son souffle est serein. Sur son visage se dessine un sourire entre bestialité et humanité. Est-il vraiment un homme ?

La panthère grogne toujours, craintive et sauvage. Prête à fuir dans une course folle et effrénée ou à bondir sur lui avec férocité. Ses moustaches dressées, comme des antennes, pour mieux capter ce qui l'entoure. Elle sent l'odeur de l'homme. La brise la lui a apportée. Mais instinctivement, elle sent aussi qu'il n'a pas peur d'elle. Ses pattes grattent alors nerveusement le sol, créant des sillons.

L'homme se souvient… Il voit encore, en son esprit désormais adulte, ce corps noir en mouvement vif et souple. Sa beauté, à peine visible quelques secondes.

Une éternité, pour lui. Une beauté sans nom. Presque irréelle. Sa force incroyable devant lui. Et son envie, à lui, de l'approcher malgré sa peur. Apprivoiser la panthère…

Faire corps avec elle, au péril de sa vie. Juste pour ne pas mourir. Exister enfin. À travers elle. Comme elle.

La panthère a repéré enfin les contours de la silhouette musclée de l'homme. Son souffle chaud s'accélère d'un coup net. Elle grogne un peu plus fort. Ses pattes semblent danser sur le sol. Elle ouvre sa gueule largement et découvre ses crocs acérés et luisants. Contraste avec la noirceur de la nuit.

L'homme l'a repérée aussi. Il perce alors plus intensément la nuit, de ses yeux, le cœur excité et légèrement paniqué. Mais il doit affronter sa peur pour pouvoir vivre enfin. Vivre cette communion de corps qu'il a tant souhaité. Il cherche, alors, le regard de feu et plante ses yeux d'homme dans les siens avec justesse et précision. Apprivoiser la panthère…

Le regard de feu est toujours aussi pénétrant et intense. Ils s'observent un long moment, tels des gladiateurs dans une arène avant l'affrontement. La panthère grogne encore mais, peu à peu, sans conviction. Son instinct, alerte, lui dicte pourtant de réagir et de bondir. L'homme est une proie de choix. Malgré tout, elle se fige. Lui avance encore. Son pas toujours aussi léger et souple. … Apaisant. Se souvient-elle ? Ce petit garçon brun au regard émeraude et apeuré, ses pleurs déchirants en écho dans la jungle. Son regard semble moins dur, moins enflammé, soudain.

L'homme n'est plus qu'à un pas de la panthère. Son souffle frôle le pelage noir qui se hérisse quelque peu. Toujours ses yeux plantés dans le regard de feu. Tout d'un coup, il tend sa main pour incruster ses doigts dans la fourrure animale. La panthère, dans un instinct de survie et de domination plante sa mâchoire aux crocs d'acier sur cette main tendue. Déjà la chair s'écartèle et saigne, tel un fleuve naissant. L'homme se laisse happer, une douleur vive et rouge, mais il reste impassible face à l'attaque. Son regard ne bouge pas. Planté toujours comme pour une séance d'hypnose, dans la flamme sauvage.

Soudain, l'impensable. La panthère, les crocs sanguinolents, retire son emprise et donne un coup de patte presque tendre sur une des jambes de l'homme qui sursaute légèrement. Elle a compris. Elle se souvient vraiment de lui. Elle roule son corps musclé à terre, comme un modeste et petit chat, son ventre en l'air et elle s'abandonne, vulnérable, à la promesse d'une caresse ou d'une mort certaine.

L'homme, sourit. Son visage se détend. Le couteau, à la lame brillante et tranchante, tout de même proche d'une de ses mains et il tend l'autre dans la fourrure chaude et odorante de la bête. Le pelage dru et rassurant l'inspire. Il baisse alors sa garde et se blottit contre elle. Comme un tout petit enfant avec une peluche synthétique. L'enfant. Apprivoiser la panthère…

Autour d'eux, l'aube pointe en nuances décalées, rose, orange, bleutée. Le voile de la nuit se déchire comme un tissu usagé par le temps. Le ciel ressemble à un immense puzzle éclaté. La chouette s'est envolée dans un hululement lugubre et insatisfait. Une blancheur volante, tel un fantôme flirtant avec les airs. Le python majestueux a laissé derrière lui une trainée qui disparaîtra avec la première pluie venue. Les herbes se couchent doucement au passage d'une brise légère.

Dans un chahut tendre et complice, l'homme s'enroule autour de la panthère qui a rentré ses griffes. L'animal se laisse apprivoiser. Un jeu s'installe entre eux. Coups de pattes contre mains et pieds. Coups de langue. Caresses. Elle le mordille comme le ferait une mère avec son petit sans volonté de faire mal. Une vision quasi irréelle dans cette jungle immense, aux dangers multiples, à chaque pas.

Dans l'aube naissante, le spectacle est surprenant de beauté. Cela ne durera peut-être pas. Le soleil les révèlera au grand jour, laissant place à la réalité et à ce qui doit être. Mais en cet instant, ils sont comme seuls au monde dans leur lutte charnelle apprivoisée. Comme un seul corps. Une seule vie au cœur battant. Plus d'homme ni de bête. Seulement deux êtres qui se sont retrouvés. L'homme redevient enfant, sourire aux lèvres et l'œil heureux et pétillant. La panthère est plus joueuse. Il se laisse capturer, chemise entrouverte, torse nu, la sueur perlant sur sa peau mate. Il a 6 ans et ne pleure plus. Sa solitude n'a plus lieu d'être. Il n'est plus orphelin.

Il est félin ! Il a envie de rugir…

Une envolée d'oiseaux criards les surprend dans leur ébat. Les premiers rayons du soleil tapissent le sol, incertains. Le temps est venu de la séparation. Derniers regards dans une complicité silencieuse. Dernières caresses pour se confondre et emporter une tendresse dans le cœur. La panthère se redresse et redevient ce qu'elle a toujours été. Sauvage. L'homme la regarde s'en aller comme un mirage, tâche sombre dans la luxuriance verdoyante. Elle ne se retournera pas. Ils ne se reverront jamais.

A-t-il vraiment vécu ce moment ? L'a-t-il rêvé, encore une nième fois, dans son esprit et dans sa chair ?

Une cicatrice sur la main, en relief. La jungle laisse son empreinte de toute façon. Il griffonne, sur du papier jauni, quelques mots. L'encre s'imprègne et laisse dans l'air son odeur envahissante. Il regarde l'horizon et soupire lascivement.

*

Un petit enfant est assis dans les herbes hautes. Non loin, la carcasse d'acier fumante d'un avion brisé. Des cadavres de scènes d'épouvante. Yeux rougis et bouche en cœur, il pleure dans un appel désespéré. Ses joues entre rose doux et salissures, rebondies, encerclées de boucles brunes, font penser à un ange tombé du ciel. Sans auréole. Un rai de lumière, seul, filtre au travers des feuillages et vient le baigner de sa chaleur.

Dans les fougères, un regard de feu, aux aguets de la complainte. Une forme de ténèbres surgit vers l'enfant qui cesse de pleurer. Silence dans le flouté du temps…

À quand tu veux

J'imagine la rencontre...

J'ai les mains moites. Je tremble un peu, je crois. Je croise son regard et tout de suite mes joues s'empourprent, comme en feu. Je sens en moi remonter la timidité de mes quinze ans et, en même temps, j'ai cette impression d'être amoureuse pour la première fois. Pourtant, j'en ai vu passer des hommes dans ma vie et je suis mère maintenant, mais, lui... c'est différent. Il me bouleverse. J'ai le cœur en émoi. Il bat la chamade et tambourine à m'en faire mal au-dedans de ma poitrine. Je suffoque semble-t-il. Alors, je m'accroche à son regard, encore et encore. Je le dévore et je ne peux plus m'en passer, comme une drogue. Il m'a fait cette promesse qu'un jour on se verrait et là, le jour J est arrivé. En pleine séance de dédicaces, il est là, planté devant moi, un large sourire aux lèvres et il me regarde de ses yeux bruns aux reflets verts. Il a l'air aussi intimidé que moi, mais il tente de le cacher tout de même. Son éternelle carapace. Ses yeux brillent, j'en suis certaine. Les miens doivent être dans le même état. J'essaye de me contenir. J'essaye, tant bien que mal, de reprendre un peu d'assurance, en vain. Sa présence me bouleverse totalement et je ne me sens plus moi-même ou du moins le suis-je trop. J'ai trop attendu cette rencontre. Je l'ai tellement rêvée et imaginée. Imaginé chaque scène mais, là, c'est bien réel et je ne maîtrise plus rien. J'ai encore une impression, celle de ne plus être là ou alors que c'est irréel. On est seuls. Il y avait foule. Un brouhaha informe et impossible. C'est le silence, soudain. Il n'y a plus personne. Et on entend juste le tintamarre de nos deux cœurs. C'est fou comme ils cognent fort dans nos poitrines. Personne n'entend ? Je vais bafouiller, je le sens. Je triture mon stylo, nerveusement. Je baisse les yeux. J'attends qu'il parle. Mais il ne dit rien. Il me regarde toujours, je le sens bien. Je fais semblant, machinalement, de remettre en place mes ouvrages, comme ça, pour juste faire quelque chose. C'est là qu'il ose me toucher la main, comme pour m'arrêter et me dire : « Tu sais qui je suis ; ne fais pas semblant. C'est moi, Stéphane. »

Le contact de sa main me fait frissonner. Comme si j'avais froid soudain, mais ce n'est pas le cas. Il fait une chaleur à crever dans la grande salle. D'ailleurs, on a tous eu le droit à notre bouteille d'eau en plastique de Vittel, nous, les auteurs. On nous bichonne. Ma bouteille est à moitié vide, là à côté de moi, par terre, à mes pieds. Stéphane a parlé. Je suis toujours troublée, mais je commence à m'habituer à sa présence comme la première fois que j'ai entendu sa voix au téléphone. Je ne savais pas quoi dire, quoi faire. Je l'avais vouvoyé, par pudeur stupide sans doute car je mourais d'envie de le tutoyer, mais j'ai mis ma réserve, là, comme une distance de protection entre nous. Cela me mettait plus à l'aise.

J'ose regarder à nouveau Stéphane. Le monde reprend vie autour de nous et, avec lui, le brouhaha insupportable de la foule, les lecteurs qui se pressent dans la salle, à l'affût de la bonne affaire, du livre qu'ils dévoreront en silence chez eux comme des cannibales. Cela me fait sourire finalement. Cette cohue me rassure car, au fond, toutes ces personnes ont au moins un point en commun avec moi. Ils aiment lire et je me sens bien dans ce monde. Quelqu'un s'approche de moi, derrière Stéphane. Une femme. L'air intéressé par mes livres. Elle se rapproche encore. Stéphane lui cède la place tout en croisant mon regard. J'y lis une certaine fierté. Je sais pourquoi il me regarde ainsi. Je lui souris, heureuse comme jamais. Je suis dans mon élément, là. Je suis moi, femme et écrivaine. Libre. Et Stéphane est là. La femme prend un de mes recueils et commence à le feuilleter avec délicatesse. Je regarde ses mains. J'y perçois alors un peu son univers. Ses mains sont blanches. Des veines bleues les strient. Mais cela les rend belles. Ses mains, c'est toute sa vie. Elles ont des rides. De belles rides. Je la regarde. Je ne peux m'empêcher de lui sourire. Je ne sais pas si elle me prendra un livre, mais rien que sa présence me procure du bonheur. J'attends. Et je l'observe, tranquillement. Je cherche aussi le regard de Stéphane. Je ne veux pas le perdre. La femme continue à regarder mes œuvres. Je vois qu'elle lit un de mes textes. Elle me jette un coup d'œil, un bref instant, puis y replonge, toujours silencieuse. Je suis fascinée. Et j'attends. Stéphane ne me quitte pas des yeux. Il sourit toujours. Enfin, la femme referme le livre qu'elle a dans les mains. Touche sa couverture. Semble la palper comme pour s'en imprégner. Elle se lance…. Enfin !

« J'aime la poésie vous savez. Et votre poésie, c'est… Comment dire… une merveille » « Merci », fais-je. « Elle est originale la couverture, en plus… ça change. On croirait un vieux livre et ça sent le cuir !! J'aime beaucoup le cuir. » « Oui, c'est fait de manière artisanale par mon éditeur. Moi-même, cela m'a surprise et agréablement d'ailleurs la première fois que j'ai vu un exemplaire de mon livre » « C'est vrai et ça me tente bien… » « C'est à vous de voir Madame, je vous force pas… »

Je cherche à nouveau le regard de Stéphane. Il ne me regarde plus. Il est parti flâner dans les rayonnages en attendant. Je suis terriblement déçue. Mais, je n'en montre rien. Il va revenir, je le sais. Pourtant, mon cœur se serre. J'ai mal en moi. Je crois que je pourrais tout plaquer d'un coup, là. Stéphane… Qu'en penserait-il ? Le connaissant, il m'en voudrait, à coup sûr. Il sait à quel point écrire est toute ma vie. Sans ça… Reprends-toi, ma fille. Reprends-toi. Je reconcentre mon regard sur la femme. Elle s'est affublée d'une paire de lunettes de vue pour examiner plus attentivement mon livre, qu'elle a toujours d'ailleurs en main. Elle ne semble plus vouloir s'en défaire. Cela me fait sourire et je m'imagine avec ironie, dans ma tête, sa main collée avec de la colle glue. Eh oui ! Pas le choix là, tu dois l'acheter mon recueil… Sinon, faudra faire appel au S.A.M.U., si tu veux t'en dépêtrer. J'ai une de ces envies de rire. J'ai du mal à me contenir. Heureusement, la femme, finalement se décide. « Je vais vous faire confiance, Mademoiselle »

« Madame… C'est Madame. Merci à vous de votre confiance. » « Vous pouvez me le dédicacer ? » « Oui, bien sûr, avec plaisir. Je le mets à quel nom ? » « Marie-Louise » « Va pour Marie-Louise »

Je prends mon stylo. C'est un Bic noir… J'aime faire mes dédicaces en noir. Je trouve cela très classe. Et j'ouvre le livre à une page vierge du début. Et je commence à écrire de mon écriture en script… Je n'ai jamais aimé mon écriture, mais bon. Je m'applique pour être lisible, au moins, et que le style soit plaisant. A Marie-louise… Que ma poésie vous émerveille jusqu'à la dernière page. Bien à vous. Laetitia…. Je sens que Marie-louise m'observe. Elle ne me lâche pas une seconde des yeux. Tout en écrivant, je lui offre un large sourire pour la faire patienter. Elle a l'air aux anges, et moi donc ! J'ai vendu un de mes livres et Stéphane est là… Je ne suis pas aux anges, moi ; j'suis au Paradis !!

Ma dédicace terminée, je tends l'ouvrage à Marie-louise qui me remercie chaleureusement. Elle n'en finit pas d'ailleurs de me remercier et, moi, j'ai envie de rejoindre Stéphane ou qu'il voie enfin qu'il peut revenir vers moi. Les derniers instants avec ma future lectrice me semblent interminables. Je dois me contenir pour ne pas montrer mon impatience. Puis, enfin, elle part, l'air satisfait et moi, je sens mon cœur accélérer comme un malade. Stéphane…

Stéphane est toujours en train de farfouiller dans les rayonnages de livres. Ses doigts glissent entre les ouvrages. Il a l'air concentré. Seulement l'air… Comme s'il avait soudain senti mes yeux posés sur lui, il se retourne et me lance un regard plein de tendresse. Il me fait signe qu'il arrive. Délaissant les livres rangés, il se dirige d'un pas rapide et léger vers moi. Arrivé, près de mon stand, il me sourit à nouveau, de son sourire qui me fait totalement craquer. Il est heureux, je le sens.

« Alors, elle t'a pris un recueil ? » « Oui, fais-je », le cœur battant. « Super !! Tu dois être contente. » « Oui, très… », dis-je, à la fois contente mais lassée.

Je regardai un instant les autres auteurs. Certains croupissaient sur leur chaise dans l'attente intenable d'un lecteur. D'autres gaspillaient leur salive à conter, pour la nième fois, le résumé de leur chef-d'œuvre. Je n'avais rien contre, bien entendu. J'aurais fait la même chose en tant normal. Mais la présence de Stéphane changeait tous mes projets. Il était devenu, alors, ma priorité et je ne rêvais que d'une seule chose en cet instant, fuir. Fuir avec lui, n'importe où. Peu importait. Fuir et ne plus jamais revenir. Qu'il me tienne la main… Mais, je ne pouvais pas fuir comme ça. Pas maintenant. Pas comme ça. Je n'étais pas libre. Stéphane continuait à me sourire, mais je sentais qu'il était songeur lui aussi.

- Stéphane ?

- Oui…, fit-il heureux d'entendre ma voix.

- Je fais une pause, ça te dit qu'on aille se boire un café au bar de l'hôtel du coin ?

- Comme tu veux, oui

- Tu veux pas, toi ? », demandai-je d'un ton de gamine capricieuse.

- À ton avis ?, fit-il d'un air amusé de me faire languir…

Je me mis à regarder ses yeux, à les scruter intensément. Bien évidemment qu'il en crevait d'envie lui aussi. Je le lisais dans son regard et je devinais son impatience. Ses mains tremblaient. Il était toujours comme ça quand il me parlait. Comme nerveux. Mais il ne l'était pas. C'était l'émotion qui le trahissait. Je pris machinalement mon sac à main, demandai à l'auteur qui était à côté de moi s'il pouvait surveiller mes livres et nous voilà enfin partis, côte à côte avec l'envie forte d'être seuls. On sortit vite de la salle surchauffée comme pour prendre l'air mais en fait c'était comme une fuite agréable pour nous. On avait le sourire aux lèvres et l'air joyeux, comme des enfants. A ce moment, une envie folle de courir comme des fous dans les couloirs. Stéphane m'arrêta brusquement et me prit la main avec douceur.

- Arrête, fit-il, viens.

Il se mit à rire comme un gosse et moi, de le voir ainsi, je rayonnais vraiment de bonheur. Je n'en avais plus rien à faire de tout le reste. J'étais avec lui et c'est tout ce qui comptait désormais. Je le laissai me prendre la main. Ce contact, la chaleur de sa peau me donnèrent la chair de poule. Je sentis un long frisson me parcourir dans le dos. J'en fus émue aux larmes. Stéphane planta son regard dans le mien. Sa main tremblait encore. Cette fois, la mienne aussi.

- Je t'aime, tu sais
- Oui, idem

Je me suis mise à bafouiller en le disant. Intimidée oui, comme à mes quinze ans, et pourtant je l'avais bel et bien passé cet âge. Mes joues se remirent à rougir. Cela sembla l'amuser.

- Tu vois que tu es belle, non ? Lis dans mon regard…

Oui, dans ses yeux, je lisais tellement. J'y lisais son émotion, intense. J'y lisais son bonheur, ses sentiments pour moi… Sa sincérité. Et je m'y sentais si bien dans ses yeux. Leur velours me berçait de sa chaleur. Et ses reflets verts… N'en parlons pas. Je m'y serais noyée dans ce vert.

- Tu n'es pas mal non plus, idiot

Stéphane se mit à rire franchement.

- T'es incroyable, c'est fou

- Je sais, fis-je l'air de rien.

Puis, sans rien dire, il posa sa main sur ma joue et me la caressa, toujours avec cette tendresse que je lui connaissais si bien, partout où il était et partout où il pouvait me parler. Il était tendre avec moi et je ne sais pas pourquoi, je l'avais su dès notre première conversation.

Pourtant, à l'époque, il gardait encore sa carapace pour me parler… et soudain, ses lèvres se posèrent sur les miennes. Du velours, encore du velours. C'était ça que je ressentis dans l'instant et l'envie de dire, encore, ne t'arrête jamais. J'ai peur que ça s'arrête, tu sais. Pince-moi, je rêve… Je répondis au baiser de Stéphane avec fougue, la fougue sûrement de l'attente, du temps passé. Et j'y pris goût et en redemandai comme enivrée de ce baiser. C'était comme un baiser de cinéma, mais bien plus vrai celui-là. Pas une image qui passait devant nos yeux humides car la scène était trop belle à voir. Non, un vrai baiser. Et j'y succombai avec bonheur. Des clients de l'hôtel passèrent et nous regardèrent avec curiosité et envie. Ils se mirent à sourire à cette scène qu'on leur offrait gratuitement. Il faut dire que c'était inattendu ; en plein milieu du salon littéraire, dans un coin, là, un couple qui se bécote, pas discret en plus. Alors que les gens autour se parlent ou cherchent des livres. Ce fut le baiser du siècle !

Soudain, une sonnerie… Je demandai à Stéphane si c'était son portable qui sonnait comme ça, mais il ne sembla pas m'entendre et ne me répondit pas. T'entends pas la sonnerie ?... La sonnerie.... La sonnerie.... La sonnerie…

La sonnerie en question, c'était celle de mon super réveil à cloches, vous voyez le genre. Ah ! Je tombais des nues, là. Mon beau rêve envolé. Le réveil sonnait. Ses clochettes faisaient un boucan du tonnerre. J'eus envie de le foutre par la fenêtre, illico presto. Mais je n'en fis rien. La gueule enfarinée après mon rêve, cheveux ébouriffés. J'étais moins belle, là. La dure réalité. C'était l'heure de me doucher et de déjeuner avant d'emmener ma fille Marie à l'école. Oui, dure réalité, comme un coup de massue. Adieu mon beau prince charmant… Je jetai un coup d'œil pardessus mon épaule, mon mari ronflait à n'en plus finir. Ah, quelle vie !!!

À travers la fenêtre

Qu'il est loin le temps durant lequel je courais aux quatre coins des vents avec ma jeunesse florissante ! Qu'il est loin, ce temps…

Nous sommes samedi. Il est quinze heures. La célébration de la messe touche à sa fin. Monsieur le curé prononce les dernières paroles de son sermon face à une assemblée silencieuse. Seul le grincement des bancs en bois verni sous le poids de nos corps et une quinte de toux de mon voisin interrompent la quiétude du lieu sacré.

À travers les vitraux colorés de la chapelle, le soleil pénètre par petites touches chaleureuses tel un peintre appliquant une couleur sur sa toile. Il projette sur chacun de nous une lumière réconfortante qui semble nous réchauffer jusqu'au plus profond de notre être.

Les mains jointes pour une ultime prière, encerclées par les perles en bois de mon chapelet, je lève la tête, soudain distraite. Je sens sur mon visage ridé les rayons de la lumière ; cette luminosité naturelle me ravit et me rend tout à la fois nostalgique.

Quel temps fait-il, aujourd'hui ? Fait-il beau ou n'est-ce là qu'une simple éclaircie ? Mon regard se pose sur les vitraux. Je fronce les sourcils, l'œil soudain très attentif et pénétrant, comme si je regardais par une simple fenêtre pour voir ce qui se passait au dehors. Mais je ne vois que des scènes de vie ancrées à jamais dans l'éternité du temps, tirées de passages bibliques. Je peux y apercevoir notamment la scène de la Nativité ou encore celle représentant le Christ sur la croix. Il y a sous mes yeux toute une profusion de couleurs, toutes aussi magnifiques les unes que les autres pour évoquer un temps qui n'existera jamais plus. La lumière joue bien évidemment son rôle dans cet éclatant panel de couleurs. Chaque rayon du soleil qui pénètre au travers des vitraux de la chapelle offre aux couleurs une beauté que rien ne semble égaler, en cet instant…

- Madame Bonnard vous vous sentez bien ?

- …

- Madame Bonnard ?

Soudain, l'ombre d'une silhouette se profila devant mes yeux. Je restai un instant interdite, presque contrariée par cette apparition soudaine, puis je tournai la tête, abandonnant à regret ma contemplation des vitraux. J'aperçus alors le visage de Monsieur le curé. Il me parut bien pâle. Ce dernier me dévisageait d'une manière étrange comme si je venais de transgresser la loi religieuse par un péché mortel. Cherchant la raison de cette attitude des plus surprenantes pour un homme d'église, je détachai mon regard du sien pour tenter de comprendre. Je baissai alors les yeux comme pour me faire pardonner et je compris. Monsieur le curé tenait entre ses doigts une hostie qu'il me tendait pour que je puisse communier. Prise dans ma rêverie, je n'avais rien remarqué et j'avais perdu la notion du temps.

- Madame Bonnard, entendis-je de nouveau.

- Oui, répondis-je, gênée.

Une infirmière se tenait debout à mes côtés. Elle me prit le pouls pour s'assurer tout de même que tout allait pour le mieux. Sentant les battements accélérés de mon cœur, elle ne put s'empêcher de m'interroger encore, quelque peu inquiète à mon sujet.

- Vous sentez-vous vraiment bien ? Vous êtes toute pâle.

- Mais oui, c'est un peu de fatigue, c'est tout.

La messe se terminait enfin. Monsieur le curé regagna l'autel et fit une dernière génuflexion devant le Christ sur la croix, puis il se releva. Un silence encore plus pesant s'installa dans la chapelle. Pendant ce temps, chaque pensionnaire commença à sortir ; ceux qui étaient encore valides marchaient, la paume de la main appuyée sur leur canne et ceux atteints d'un plus grand handicap, assis dans leur fauteuil roulant, étaient poussés par des infirmières habillées d'une blouse d'un blanc éclatant ou par des pensionnaires à la démarche encore assurée. Je faisais partie des chaisards. La jeune infirmière qui s'était inquiétée de ma santé durant la messe poussa mon fauteuil, malgré mes protestations.

- Laissez-moi, je suis encore capable de me déplacer toute seule. Je suis peut-être invalide, mais je ne suis pas idiote !

- Je sais bien Madame Bonnard, mais vu ce qui s'est passé tout à l'heure, je crois que c'est mieux ainsi.

- Vous croyez ? Eh bien faites alors. Faites, répliquai-je mécontente.

Elle pouvait croire ce qu'elle voulait, je savais pour ma part au fond de moi que je n'étais pas du tout fatiguée. Ce n'était pas mon état physique qui faisait battre mon pauvre vieux cœur comme un tambour de fanfare. En contemplant les vitraux colorés de la sainte chapelle, je m'étais replongée dans mes souvenirs. Désormais, je finis tranquillement mes jours entre les quatre murs d'une maison de retraite, au cœur de la France profonde. Je n'ai pas à m'en plaindre. Je suis bien installée ici. On m'a placée dans une chambre au rez-de-chaussée, au fond d'un couloir. Mes enfants m'ont apporté quelques effets personnels pour que je me sente comme chez moi. Bien peu de choses, à vrai dire, après le partage de mes biens. Heureusement que je n'y ai pas assisté. Je crois que j'en aurais été malade.

Dans cette chambre, je peux regarder Les feux de l'amour sur une télévision en couleur, assise dans mon fauteuil en velours. Ma vieille télévision en noir et blanc a rendu l'âme alors que je vivais encore dans ma maison. Je suis bien traitée ici. Un docteur vient régulièrement m'examiner pour vérifier que ma santé ne décline pas. Cependant, je n'aime guère tous ces médicaments qu'il me demande de prendre chaque jour, aux heures des repas. Ces derniers sont servis dans la grande salle à manger, à heures fixes.

Aujourd'hui, je ne suis plus qu'une vieille personne réduite à l'état de carcasse croulante telle une espèce de vieille mécanique rouillée sur laquelle toutes les pièces seraient bonnes à changer. Mais, à quoi bon ! Ce n'est qu'un rêve. Personne ne réussira plus désormais à changer quoi que ce soit. Le miroir est cassé. Il ne réfléchira plus jamais la belle jeune femme que j'étais, jadis.

Je suis assise dans mon confortable fauteuil qui m'a suivi lors de mon ultime déménagement. Je regarde par la porte-fenêtre de ma chambre. Des petits moineaux se posent sur la terrasse du dehors pour picorer les miettes de pain que je leur ai laissées comme chaque jour, depuis que je suis ici. De temps en temps, un merle, suivi de près par sa femelle vient également à cet endroit. Leur venue effraie les petits moineaux qui s'envolent rapidement, dans un bruissement d'ailes. En les observant à travers la vitre de la porte-fenêtre, j'imagine que je suis installée à la terrasse d'une splendide maison au bord de la mer. Les vagues viennent s'échouer sur la plage. J'entends leur roulement incessant. Ce bruit me berce avec douceur. Les miettes de pain que j'ai jetées par terre deviennent alors de petits cailloux ou des coquillages, enfouis dans le sable. Le soleil brille...

En réalité, je n'ai jamais eu l'occasion de partir au bord de la mer et je n'irai d'ailleurs jamais. De vulgaires dalles ont été posées devant la porte-fenêtre comme un tapis devant le seuil d'une maison. Je me console en regardant les oiseaux. J'aime beaucoup leur compagnie. Cela m'occupe l'esprit.

Parfois, je me sens si seule et nostalgique. Je revois ma belle demeure familiale que mon Auguste et moi avons rebâtie entièrement de nos propres mains. Là-bas, c'était mon paradis. J'y étais heureuse. J'ai vécu des jours merveilleux en compagnie de mon bien aimé.

Nous ne manquions de rien. Nous cultivions un petit jardin qui nous permettait de manger de bons légumes bien frais. Nous pouvions cueillir des tomates juteuses et rouges, des pommes de terres aux drôles de formes, mais au goût exquis dans nos assiettes. Je faisais des potages, de la purée pour les enfants et bien d'autres bons petits plats. À la cuisine, ça sentait bon et les enfants venaient souvent en douce, lorsque j'étais occupée à une autre besogne et ils mettaient leurs doigts dans le plat et goûtaient avec plaisir à ma cuisine. Ah, les chenapans !

Cette époque me manque comme mon cher Auguste. Cela fait maintenant quatorze longues années qu'il a disparu de ma vie, terrassé par la maladie. Quand viendra donc l'heure de le rejoindre enfin ? Pourquoi le Bon Dieu ne me sonne-t-il point ?

À quoi bon rester encore sur cette terre, j'ai déjà bien vécu, vieille comme je suis. Quatre-vingt treize ans… C'est incroyable comme le temps passe.

Pourquoi nous laisse-ton vivre si vieux ? On nous bichonne, on nous bourre de pilules en tout genre pour nous maintenir en vie. On ne peut pas reprocher que le service soit mal fait ici. On est nourri, blanchi, soigné, mais à quel prix !! Enfin, pour ma part, je peux encore en parler du prix du loyer. Ce n'est pas le cas de tous les pensionnaires dans cette maison. Certains, s'ils ont été jeunes, en sont réduits à l'état de légumes. Certains ne parlent plus. D'autres vous tirent la langue, en signe de bienvenue. D'autres encore ont perdu la raison ou ont vraiment une mémoire défaillante. Certains pensionnaires ne sentent plus qu'ils ont envie de faire leurs besoins naturels, alors comme des bébés, ils ont de belles couches pour se soulager. Et moi, je les observe tous autant qu'ils sont et j'ai peur de devenir comme eux.

Je reçois avec plaisir les quelques visites de ma famille. Je parle du bon vieux temps ; aujourd'hui, après la messe, ma petite fille Marie m'a rendu visite. Elle m'a parlé d'elle, des nouvelles fraîches du quotidien. On a regardé ensemble des photographies dans un album de famille. Puis, j'ai évoqué le passé comme à chacune de ses visites. Elle me pose un tas de questions. Avec Marie, j'ai l'impression agréable d'exister encore. Je me souviens de tant de choses. Je lui raconte tous les petits détails qui me paraissaient si insignifiants auparavant et je me sens bien. J'ai l'impression lorsqu'elle est auprès de moi, que je peux à nouveau être la femme que j'ai été, malgré ma mémoire qui se trouble. Ma petite fille m'aide à me souvenir. Je replonge alors dans le passé. Parfois, je me surprends à reparler la langue de mes parents : le patois de mon village natal.

Hélas, le moment est venu pour elle de repartir. J'ai senti mon cœur se serrer dans ma poitrine. Elle est aussi émue que moi. J'essaie de prolonger l'instant des adieux. Je tente une dernière parole, puis les mots me manquent. J'ai peur de l'embêter avec mes histoires de vieille bonne femme. Alors, je me résigne. Elle s'approche de moi pour me dire au revoir. Je la serre dans mes bras et dépose sur ses joues un tendre baiser. Mon regard se voile. Je lis dans ses yeux toute la tristesse que je ressens en cet instant.

- Au revoir Mamie, me dit-elle avec émotion.
- Au revoir, ai-je répondu d'une voix tremblante.

- Ne t'inquiète pas, je reviendrai bientôt te voir.

- Reviens quand tu veux.

Et Marie est sortie de ma chambre. Il est 17 h 30. L'heure du souper approche. Je me lève doucement. Je m'appuie sur le rebord de quelques meubles autour de moi, situés dans la chambre. Chaque distance que je parcours est une épreuve à laquelle je m'applique. Je me dirige progressivement vers le fauteuil roulant pour pouvoir me déplacer jusqu'à la grande salle à manger. Arrivée enfin tout près, je m'y laisse choir un peu fatiguée. Je me cale bien dedans et je m'engage enfin à sortir de ma chambre de pensionnaire. À l'aide de mes mains, je fais avancer le fauteuil roulant. Je longe alors un long couloir mal éclairé. Une odeur de javel émane du sol récemment nettoyé. Cette odeur est tellement forte qu'elle m'irrite à la fois le nez et les yeux. C'est très désagréable. Finalement, je pénètre dans la grande salle à manger.

Le silence de ma chambre fait place soudain à une atmosphère emplie de bruits divers. Au milieu de la grande salle à manger, une télévision est placée sur un meuble rustique assez imposant. Le volume du son est très fort, mais je ne le perçois guère à cause de ma surdité. Des pensionnaires sont déjà attablés. Infirmières et bénévoles (en général, des religieuses habillées d'une blouse grise et coiffées d'un voile blanc) sont affairées à leur besogne. Elles font le tour des tables pour nous servir le souper tout en nous causant gentiment.

- Vous voulez du potage, Madame Bonnard ? me demanda l'une d'entre elles, à peine étais-je arrivée à ma table.

- S'il y en a, oui, répliquai-je, le sourire aux lèvres.

J'aime taquiner les gens qui m'entourent. Ceux qui me connaissent pourront vous le dire ; j'ai un sens de l'humour très développé. Il faut rire de temps en temps dans la vie pour la rendre meilleure.

Chaque soir, la salle à manger s'anime. L'odeur du potage flotte dans l'air surchauffé. Les pensionnaires entament un brouhaha de conversations bien souvent incompréhensible, vu l'état mental de certains. On entend le cliquetis des cuillères à soupe qui raclent le fond des assiettes en porcelaine. Mais, ce bruit n'est rien comparé au volume de la télévision.

Souvent, il y a ce Raymond qui s'assied à mes côtés et qui me cause. Je n'entends pas forcément ce qu'il me raconte mais je le laisse parler pour le plaisir d'entendre du bruit. Le silence de ma chambre me pèse beaucoup, alors lorsque je me retrouve au milieu de tous les pensionnaires de la maison de retraite, dans cette salle immense, je profite de chaque instant.

Je ne sais pas grand-chose au sujet de Raymond. C'est un vieil homme solitaire qui semble aimer ma compagnie. Il a les joues rouges et bouffies. Il est vêtu la plupart du temps d'un pull très coloré et d'un pantalon en velours clair. Il est toujours coiffé d'une casquette à carreaux, même lorsque l'on est à table. Il vient souvent me rendre visite dans ma chambre, l'air de chercher quelque chose. Pourtant, il ne fait que passer. Il me lance un bonjour furtif puis s'en retourne d'un pas maladroit dans sa propre chambre, située en face de la mienne.

Ce soir, nous avons au menu une soupe de légumes verts. C'est délicieux. Je trempe dedans des morceaux de pain pour compléter mon repas. Cependant, je n'ai pas grand appétit aujourd'hui. Je crois que je vais retourner bien vite dans ma chambre. Tout en mangeant ma soupe, je jette un coup d'œil sur l'écran de télévision. C'est l'heure de

Questions pour un champion. Dommage que je n'entende rien de l'émission. L'animateur, ce Julien Lepers remue les lèvres. Il tient entre ses mains des fiches cartonnées. Ce sont les questions qu'il va poser aux candidats. Il est toujours bien habillé et bien coiffé ce Julien Lepers. Il n'a pas l'air de vieillir d'un poil. Quel est donc son secret ? Faut dire qu'à la télévision, tout n'est qu'artifice. Cela m'embête de ne pas entendre ce qu'il dit. Je me concentre alors sur l'écran, essayant de deviner les paroles qu'il prononce en lisant sur ses lèvres. Ce n'est pas évident. Oh, et puis zut ! J'ai terminé mon assiette de soupe. Je prends un morceau de fromage et un yaourt aux fruits pour terminer mon repas, puis je m'en vais.

Je me sens un peu lasse ce soir. Je replace mon fauteuil roulant en situation de départ et me voilà qui reprend la direction de ma chambre. A nouveau, je longe ce couloir mal éclairé où l'odeur de javel trône toujours. Mes doigts glissent sur les roues de mon fauteuil pour le faire avancer. Enfin, j'arrive devant la porte de ma chambre. Je fouille dans une des poches de ma robe bleue marine et j'en ressors une clé. Je l'introduis dans le trou de la serrure.

J'entends un léger déclic en la faisant tourner, puis la porte s'ouvre. Au loin, je perçois encore le brouhaha de mes congénères. J'hésite un instant devant le seuil de ma porte, puis je rentre. Le silence de ma chambre m'entoure.

Comme d'habitude, je fais un brin de toilette avant de me coucher. Je me regarde dans le miroir de la salle de bains. Avec mes doigts, je dessine le contour de mon visage et j'explore chacune de mes rides comme pour les imprimer dans mon esprit. Je n'ai jamais eu peur de vieillir. Le temps a passé et j'ai toujours accepté les changements de mon corps. Je suis fière d'avoir vécu ma vie. Comme tout le monde, je me pose des questions sur la mort. Elle viendra me cueillir dans ses bras quand Dieu l'aura décidé.

Ce soir, malgré la fatigue, je me sens tout de même d'attaque pour lire dans mon lit. Après ma toilette, je me glisse donc sous les draps frais. Un frisson me parcourt le long du corps. Je me penche vers la table de nuit en chêne et j'ouvre le tiroir supérieur. Je farfouille parmi les papiers entassés. Enfin, je découvre le livre qui ne me quitte plus depuis une semaine. Je l'examine un instant. Sur la couverture, on peut observer un champ de blé et de coquelicots en fleur. Peu m'importe le titre et le nom de son auteur. Il faut qu'au premier regard j'aie un déclic et un coup de cœur. C'est la raison pour laquelle j'ai toujours eu le soin de regarder la couverture d'un bouquin. Pour moi, la couverture a son importance. Si elle attire mon regard, j'ai une envie irrésistible de le dévorer des yeux. C'est une première sélection. Par la suite, bien évidemment, la lecture des premières pages révèle le ton de l'histoire. Au fur et à mesure de mes lectures, j'ai eu parfois des déceptions. Mais, il faut savoir prendre des risques dans la vie.

L'œuvre en main, je me cale confortablement dans mon lit. J'ai laissé un marque-page pour m'y retrouver. Je l'ouvre donc à l'endroit indiqué et je me replonge dans ma belle bulle de mots comme si je ne l'avais jamais interrompue. L'ouvrage me passionne. Je lis chaque page avec une aisance incroyable. Je suis captivée. Plus les mots défilent et plus j'ai envie de continuer ma découverte littéraire. Malheureusement, l'heure tourne et mes paupières commencent à s'alourdir. Je tente de résister encore. Je me frotte les yeux et cligne des cils. Malgré tout, je bâille. Il est temps de dormir, je pense. Tant pis pour ce soir, je continuerai à découvrir mon trésor demain. Sur cette pensée, je refermai mon précieux livre ; j'ouvris de nouveau le tiroir supérieur de ma table de nuit et je le replaçai en dessous de toute ma paperasse. Je pris ensuite mon chapelet et je récitai une dernière prière avant de m'endormir …

Soudain, je vis une lueur dans l'obscurité de la chambre. Qu'était-ce donc que cette lumière ? Je n'eus pas le temps de m'y habituer qu'une silhouette apparut au centre de cette lumière, juste devant mes yeux. Je commençai à avoir peur. Aussitôt, une voix douce et claire commença à me parler :

- Viens, approche-toi de moi, Germaine.
- Qui êtes-vous ? Et que faites-vous donc dans ma chambre ? Est-ce toi Raymond ?
- Ne me reconnais-tu point ? interrogea la voix.

Dans la pénombre de ma chambre, cette voix ne me semblait pas inconnue. Non, ce ne pouvait être vrai.

C'était impossible. Ce n'était pas celle de Raymond que j'entendais, mais celle de mon cher Auguste. Il était pourtant mort depuis bien longtemps. Des larmes commencèrent à couler le long de mes joues. Je contemplai cette silhouette devant moi, le cœur battant la chamade et je restai muette. Soudain, je réalisai que je n'étais plus dans ma chambre. Comme par enchantement, j'étais debout dans une petite ruelle qui me semblait très familière. C'est à cet instant précis que je compris. Je regardai droit devant moi. La silhouette dans la lumière faisait place à un jeune et bel homme vigoureux à l'allure paysanne. Il me regardait de manière intense avec son regard de braise. Ses yeux brillaient comme des pépites. Je le reconnus tout de suite. Il était comme dans mes souvenirs. Je sentis mon cœur bondir dans ma poitrine.

- Auguste ! Oh mon Auguste ! Est-ce bien toi ?

- Oui ma Germaine, nous sommes enfin réunis.

*

Il est huit heures du matin. À la maison de retraite, les pensionnaires se réveillent doucement dans leur lit. Le personnel de santé s'affaire déjà. On prépare le petit déjeuner. Dans les cuisines, une odeur de pain chaud s'évapore. Le personnel s'active. On frappe à la porte de chaque chambre pour vérifier que tout le monde est bien réveillé.

Raymond est de bonne humeur aujourd'hui. Il a décidé d'aller voir la charmante Germaine pour lui dire un petit bonjour matinal. Elle sera sûrement un peu grognonne, comme d'habitude, mais au fond, il le sait, elle est toujours contente qu'il lui rende une petite visite surprise. Il alla donc frapper à sa porte.

- Germaine ?

- ...

- Germaine, je peux entrer ? C'est moi, Raymond.

- ...

N'entendant aucun bruit à l'intérieur de la chambre de la vieille dame, il tenta d'ouvrir la porte. Cette dernière était soigneusement fermée à double tour. Mais, cette fois-ci, Germaine ne lui ouvrira pas sa porte. Elle était passée définitivement de l'autre côté du miroir de ses vieux jours.

Ça remue sur les toits

Sur les tuiles rouges, la mousse verte se loge. Des vermisseaux s'y blottissent, tortillant leur corps mou. Le vent déloge à sa guise comme maitre des lieux et la mousse pique du nez sur le trottoir gris. Vagabond transparent contre vagabond vert. Mais la mousse ne dit pas son dernier mot et se reloge à la même enseigne, au toit rouge, il fait bon vivre ! À cet instant, le vent même grognon manque de souffle pour tout balayer et s'en va tourbillonnant, mécontent. Vaincu pour un temps. La mousse grignote alors du terrain, pare la toiture d'un vert particulier qui sent l'humidité comme une souillure.

Parfois, du lierre, en escalade murale, cèdera à la tentation des cimes et s'aventurera haut perché. Verdoyance sur le gris des murs où les rongeurs vous guettent. Le liseron vagabondera moins haut mais apportera une touche de couleur, souvent blanche comme la neige et ses fleurs délicates sauront trouver leur place. Une fleur sauvage se croira au pré. Pissenlit. Pâquerette. L'oiseau a dû semer là son hasard comme sa joie.

Le chat, acrobate agile, en gouttière ou de pure race, trottine en pattes de velours, fier, moustaches à l'écoute, oreilles en satellite. Catman élégant sur un toit, perché, parfois brûlant, tient en sa gueule une souris tremblotante et criarde à l'aigu fortement aiguisé. Maître Chat, par l'odeur, alléché, renie les suppliques et voit déjà le repas garni, succulent et, sa tête couronnée par les maîtres humains affolés de la présence de la grignoteuse. Ils auraient bien des yeux globuleux, limite propulsés de leurs orbites s'ils voyaient en ces lieux Catman, l'agile et rusé, opérer. Fiction ou réalité. Il faudrait bien une patte pour éclaircir la vue de notre félin.

Puis, un hiver particulier arriva... Un vagabond étrange est venu sur le toit...

Tout de rouge et blanc vêtu, une barbe de millénaire incroyablement blanche. Il semblait venir du ciel comme par enchantement. Chargé comme un bourricot d'un sac en toile épaisse. Il le posa sur les tuiles rouges parsemées de neige et de mousses. L'ouvrit et en sortit une gamelle dorée remplie de croquettes. Le lierre avait gelé contre la gouttière, gardant sa verdure…collée. Stalactites. Glaciers de circonstance. La fleur avait suspendu sa beauté dans un écrin de cristal. De la mousse avait réussi à émerger de la blancheur hivernale. Les vermisseaux dormaient au-dessous... insouciants et paisibles.

- Courage, les beaux jours reviendront, dit le drôle de vagabond rouge.

Il caressa le chat qui se frottant contre ses mollets, ronronna à grand bruit. Et le vagabond mystérieux repartit comme il était arrivé...

Le chat renifla l'air froid, moustaches en alerte. Une odeur l'attirait et ce n'était pas celle habituelle de la grignoteuse. Au pas de danseuse étoile, la queue dressée, il suivit la senteur délectable et son museau soudain se cogna contre un pot... pas du tout froid ! Le pot reluisait sous la pleine lune comme un trésor mais le chat, bien que la lueur lui fit cligner de l'œil, ne fut pas saisi d'émotion pure, attiré nullement par la chose. Son museau le piqua drôlement, à la limite d'un éternuement, à faire tomber mousses et neige du toit et à provoquer une avalanche à domicile. Une patte puis l'autre, il s'approcha. C'est alors qu'il découvrit la pitance royale. Ce n'était pas de la chair fraîche mais le parfum n'en était pas moins exquis. Renifler, renifler, c'est bien beau mais ne pouvait-il pas y goûter ? Aux aguets, oreilles en radars, tour circulaire et éclair d'un regard de félin et... oui! Miam. Hum !! Divin ! Aurait-il pu dire s'il avait eu la parole, mais il se contenta de se goinfrer jusqu'à la dernière miette et même lécha le pot qui en devint encore plus luisant, limite lampe inquiétante d'interrogatoire en pleine face ou lumière de fin du monde pour un ailleurs mérité. Plus une miette. Une panse ronde. Le chat se laissa choir près du pot (en fait, la fameuse gamelle apportée, n'est-ce pas, par le vagabond rouge). Aussitôt, le toit ressembla à une scène de concert. Une chouette sursauta et s'envola dans le ciel de la nuit. Des grignoteurs pointèrent leurs oreilles, moustaches en vrilles, les yeux soudain menaçants. Le vagabond rouge se mit à rire dans le lointain, satisfait. ho, ho, ho...

Au matin, les rayons du soleil percèrent délicatement, éveillant tout ce beau monde. Le toit goutta. La neige se battait entre froid et chaleur. Un merle farfouillait dans la neige par terre, sautillait même comme un damné. La cloche sonna. Le coq, les plumes des fesses frigorifiées, se racla le gosier et comprit qu'il était temps de s'égosiller. Son cocorico eut un raté. Il recommença et là on eut cru une sirène stridente. Le quartier s'éveilla en sursaut... sauf le chat, repu. Il rêvait encore près du pot, pattes en transe.

Soudain, l'heure avancée. L'estomac se mit à crier lui aussi, mais de famine, hein. Ça gargouilla de tous les dieux. Le poilu, griffu tenta de l'ignorer. Miaulement presque inaudible de demande de silence. L'estomac n'en fit pourtant qu'à sa volonté et se tordit de douleur. Plus braillard que jamais. Le matou miaula, grognon. Il ouvrit un œil, bâilla mieux qu'une corneille et d'ailleurs l'une d'elle non loin s'en offusqua. Il s'étira de tout son long de la gueule aux coussinets. C'est à ce moment qu'il réalisa le souci. Il avait faim. Et, le pot hélas était vide. Il y avait bien une grignoteuse qui pointa le bout de son petit museau, mais il joua le difficile et l'ignora. Faut dire le mets royal de la nuit, il en gardait une belle et bonne trace sur son palais.

À bon chat, bon rat parfois dit-on, cependant que la modernité prend son pied et en son temps, il faut s'y plier ou alors continuer avec ce que la nature nous a donné.

Le chat miaula comme un perdu. Le toit, la maisonnée en furent ébranlés. Les maîtres rouspétèrent. Le chat fut congédié à coup de pied dans le derrière. Il tenta la défense, toutes griffes dehors, mais ne réussit qu'à mettre encore plus de mauvais poil les maîtres qui jusque-là le trouvaient à leur convenance et bien utile. Le chat, le derrière endolori dans la neige, mouillé comme jamais, ne comprit rien de son affaire. Il regarda de loin, la maisonnée, le toit. Miaula une dernière fois, la queue basse, oubliant la froidure du manteau blanc, le poil hérissé, mouillé et... puant. Il trottina alors vers une autre destinée.

Depuis ce jour, Le Catman eut une dent contre le vagabond rouge. Il devint la terreur des grignoteurs, bondissant sans crier gare sur les pauvres apeurés, se jetant même sur tout ce qui portait du rouge. Dans la forêt, le petit Chaperon rouge d'ailleurs avait plus peur de lui que du vilain grand méchant loup.

Quant au vagabond rouge à la barbe blanche, il comprit son erreur, mais son sac de toile ne pouvait contenir de grignoteurs, trop risqué pour le tissu qui aurait été troué à coup sûr. Il s'en mordit les doigts de remords au point d'être obligé de porter des gants qu'il préféra blancs en souvenir de ce fameux hiver où il se trompa dans sa bonté.

Les saisons passèrent...

En hiver, on n'entendit plus le ho, ho, ho. Il se fit plus discret. Le vagabond continua à errer sur les toits enneigés, sursautant vivement au moindre miaulement entendu aux alentours ; les surprises jetées dans le trou du conduit de la cheminée et en un éclair, il repartait par les airs glacés.

Et dans les forêts, des miaulements faisaient penser à des mécontentements du simple fait de son passage...

Le bal des souris

Le chat s'étire de tout son long, satisfait de sa sieste du jour. Un miaulement sans pudeur s'échappe de sa gueule grande ouverte. Le soleil filtre entre les persiennes, balayant le parquet d'une lueur chaleureuse, rendant visible des rayons de poussières virevoltant dans l'air. D'étirement à prouesse, il se lève, agile comme ses ancêtres et s'en va à pattes de velours quêter son repas pour taire les pleurnicheries de son estomac affamé. Le silence règne dans la pièce, seulement rompu par le trottinement de ses pattes.

Mais des petits yeux fouineurs guettent, tapis dans les recoins. Noirs et ronds. Et des petites oreilles se dressent. Et des dents grincent dans un murmure à peine audible. Et des petites queues tapotent le sol gaiement. Quand le chat n'est pas là...

Le matou, vers la sortie. On entend soudain des hi hi hi... Des trottinements par milliers semble-t-il, sur le parquet de bois. Une nuée tout à coup envahit la pièce, droit au centre. Le silence se brise. Les oreilles remuent. Les queues battent leur plein. Les yeux noirs et ronds sont rieurs. Que le bal commence !!

Quand le chat n'est pas là, en effet, les souris dansent. Et elles s'agitent avec entrain. Et elles rient de bon cœur dans leur langage de souris. Elles fêtent leur liberté. Le départ du chat gênant. Mais toujours un œil aux aguets au cas où son retour serait imminent. Et elles persifflent entre leur moustache. Il leur faut des mâles pour danser. Les mâles en un temps record d'ailleurs, ne se font pas prier. Un ramdam pas possible et ils arrivent au galop comme de fiers étalons noirs. Et les souris frémissent et frétillent de la queue. Elles sont heureuses. Que voulez-vous, c'est la fête à la maison. Le chat est parti. Il faut crier Hourra !!

Le bal est digne des valses de Vienne. Dans leur robe grise, les souris sont divines et resplendissent. Les mâles sont fiers de prêter leurs pattes à si belles cavalières. Le soleil les illumine parfois. Jeu entre lumière et ombre comme en discothèque. Les grains de poussière comme des pépites d'or voltigeantes, font office de confettis. Le bal est réussi. Les heures défilent, heureuses.

Quand, soudain, sans crier gare, tellement la fête prenait d'ampleur et de bruitage, le matou bondit sur la place centrale, écrasant quelques danseurs chevronnés, croquant à la volée une queue, un corps échauffé et miaulant à en perdre la raison, épouvantant toute l'assemblée.

À bon chat, bon rat comme l'on dit si bien. Ne jamais sous-estimer la nonchalance d'un chasseur expérimenté, même lors d'une pause casse-croûte. Le bal des souris se termine comme un bal de vampires. Couinements. Miaulement rauque. Le chat tâche sa robe fourrée et blanche de sang. Lape quelques gouttes. Plante ses crocs dans des cous menus. Les victimes fuyantes. Les victimes agonisantes. Le parquet, bon à nettoyer, trempé de rouge vif, gluant et poisseux. Le bal cesse d'un coup après les douze coups de minuit de l'horloge. Une chouette hulule grognonne et s'envole dans un bruissement d'ailes du clocher réveillé.

Des petites ombres se faufilent dans les recoins. Le matou satisfait se pelotonne sous l'autel froid, tel Dracula dans son cercueil et recommence une sieste réparatrice.

Des mots plein les poches

Motus a cessé de parler, le jour où son père est parti. Plus un son n'est sorti de sa bouche. Il est resté longtemps à regarder sur le chemin pour voir si son père revenait. Mais seuls les cailloux étaient visibles et parfois un papillon voletant dans les airs, à l'affût de fleurs, sa gourmandise. Les jours passèrent, les semaines, les mois, les saisons. Sur le chemin se déversa la pluie, des feuilles mortes, la neige. Motus continua à se murer dans son silence et personne n'arriva à lui faire prononcer ne serait-ce qu'un seul mot. Alors, au village, on se contenta de ses sourires timides, de ses pleurs, de ses gestes qui devinrent familiers.

Motus était un solitaire et il errait dans les rues. Un jour vint une conteuse dans le village. Sur les affiches de spectacle trônait en lettre rouge et or son nom de scène... l'Aventurière". Le jeune Motus sourit. Cette aventurière semblait posséder tous les mots et les histoires du monde, avoir rencontré beaucoup de gens. Il se dit que peut-être, elle saurait où était son père.

Le premier spectacle était un après-midi pluvieux. Motus se moqua de la pluie, des gouttes qui ruisselaient sur son visage et ses habits, le trempant jusqu'aux os. Il se risqua au dehors pour y assister. Sa mère heureuse de le voir enfin désirer quelque chose s'empressa malgré le mauvais temps de lui donner la pièce pour payer son entrée de spectacle. Elle le vit partir pour la première fois, depuis bien longtemps, un large sourire aux lèvres presque en courant de ses petites jambes menues.

Motus était tout en joie. L'aventurière était comme un puits inépuisable d'histoires. Elle avait parcouru bien des contrées et fait mille et une rencontres magnifiques parfois magiques. De sa bouche sortaient un tas de mots exquis que Motus buvait de son esprit vif et qu'il garda au fond de lui comme des trésors inestimables. Il apprit que dans certains pays les gens parlaient une autre langue bien différente de la sienne, que des maisons touchaient le ciel et qu'on les appelaient des gratte-ciel, qu'il existait des animaux féroces et sauvages bien pires que les renards qui chopaient les poules de sa mère à la tombée de la nuit, que d'autres étaient immenses et lourds et que leur simple arrivée faisait trembler le sol comme pour un tremblement de terre : les éléphants ! Motus resta tout le long du spectacle attentif et émerveillé devant la scène à écouter L'Aventurière. Parfois elle encourageait le public à participer avec elle mais quand ses yeux se posaient sur Motus elle fut surprise de son silence.

À un moment donné, l'Aventurière se mit à chuchoter en regardant Motus. D'abord surpris, il se mit à tendre l'oreille pour l'entendre. Elle avait les mains dans ses poches et soudain les en retira. De vrais mots avec de vraies lettres en sortir comme une rivière enchantée formant l'histoire d'un homme qui avait promis la lune à son fils pour lui prouver tout son amour. Les mots défilaient joyeusement comme la partition d'une douce mélodie et sortirent alors, la lune, les étoiles, une échelle, le ciel, la nuit....

L'homme avait grimpé à l'échelle pour décrocher un morceau de lune tout au bout du chemin de pierres, une nuit où les étoiles semblaient plus discrètes qu'à l'accoutumée mais durant laquelle le clair de lune offrait une belle clarté aux alentours. La lune, au fur et à mesure des échelons, avait paru de plus en plus grande et grosse, mais l'homme arriva au bout de l'échelle et, tendant les bras, crut pouvoir la toucher mais il n'en fut rien. Elle était lointaine, si lointaine et lui avait eu l'illusion qu'il serait capable d'en prendre rien qu'un morceau pour l'amour de son fils. La tristesse l'envahit. Il redescendit les échelons un à un puis, arrivé tout en bas, il n'eut pas le courage de se confronter au regard déçu de son fils. Il prit la décision de partir de par le monde pour trouver la solution à son problème et de ne revenir que le jour où il aurait enfin décroché un beau morceau de lune.

Motus rêveur prit cette histoire pour sienne et conclut que cet homme était son père. Il se mit à sourire puis à rire aux éclats. Il était soulagé. Son père était partie parce qu'il l'aimait très fort. La nuit était tombée durant le spectacle et les étoiles scintillaient telles des diamants dans le ciel. La lune était présente également, perchée dans l'immensité, offrant une clarté douce dans les rues du village. Motus la regarda avec intensité et soudain...

- Papa !!! Je t'aime aussi se mit-il à crier, le cou tendu.

Les enfants du village sursautèrent. Mais l'Aventurière eut un sourire malicieux. Les mots retrouvèrent le chemin de ses poches qui se gonflèrent comme des ballons de baudruche. Elle fit sa révérence au public, regarda Motus et cligna d'un oeil, satisfaite. Elle s'approcha de Motus, lui demanda d'ouvrir sa main et déposa un drôle de cailloux dans sa paume ouverte.

- De la part de ton père...

Du même auteur :

Quotidiens passagers, poésie, 2017, Z4 éditions.

Le fil d'avril, poésie, 2018, Z4 éditions.

***

Le roman du temps qui passe, poésie, 2011, éditions Joseph Ouaknine.

Histoire d'eau douce et d'eau salée, poésie, 2014, éditions Mon Petit éditeur.

Traces de vie, poésie, 2013, éditions Omri Ezrati puis 2016, éditions Cana.

Le lit qui dort, poésie, 2017, éditions Tensing

Achevé d'imprimer en octobre 2018

Pour le compte de Z4 Editions

Dépôt légal octobre 2018

www.ingramcontent.com/pod-product-compliance
Lightning Source LLC
Chambersburg PA
CBHW071813200626
46813CB00020B/2213